AF326400

THÉATRE DU VAUDEVILLE.

FOLLETTE,

COMÉDIE-VAUDEVILLE EN UN ACTE.

Par Mme ANCELOT,

Représentée pour la première fois, à Paris, sur le théâtre du Vaudeville,
le 8 Octobre 1844.

Prix : 50 centimes.

PARIS,
BECK, ÉDITEUR,
RUE GIT-LE-CŒUR, 12.
TRESSE, successeur de J.-N. BARBA, Palais-Royal.

1844.

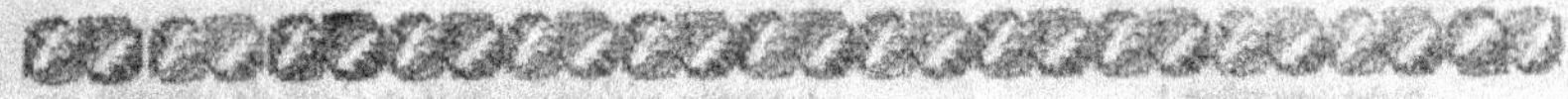

FOLLETTE,

COMÉDIE-VAUDEVILLE EN UN ACTE,

PAR M== ANCELOT,

Représentée pour la première fois, à Paris, sur le théâtre du Vaudeville, le mardi 8 octobre 1844.

PERSONNAGES.	ACTEURS.
M. DE SAINT-VALLIER..............................	MM. BACHE.
FORTUNÉ DE BIÈVILLE.............................	RICHARD.
CAPÉDIOUS.......................................	AMANT.
FOLLETTE, sœur de Louise.........................	Mmes MARIA-BRÉSSINE.
LOUISE, femme de Capédious.......................	LAVERNY.

La scène se passe à Paris, chez M. de Saint-Vallier, en 1844.

NOTA. Les personnages sont placés en tête de chaque scène comme ils doivent l'être au théâtre, le premier indiqué occupe la droite de l'acteur.

S'adresser pour la musique de cette pièce à M. TABANNE, bibliothécaire de musique au théâtre.

Le théâtre représente un salon, porte au fond, portes latérales ; au premier plan, de chaque côté, une petite porte avec portière. Une fenêtre à gauche de l'acteur. Une table à gauche. Au fond, à droite, un piano.

SCÈNE PREMIÈRE.

FOLLETTE, LOUISE.

(Au lever du rideau, Louise est assise et tient une broderie près de la table, elle regarde Follette qui est debout au piano d'un air pensif.)

LOUISE.

Sophie!... elle ne m'entend pas... oh! elle réfléchit aujourd'hui, et ne mérite plus du tout son surnom de Follette.

FOLLETTE, *faisant un mouvement très vif et riant.*

Qui m'appelle? (*Elle voit Louise.*) Ah! c'est toi, ma sœur?

LOUISE, *souriant.*

Comment, tu réponds encore à ce nom là?

FOLLETTE, *gaiement.*

Pourquoi pas?

LOUISE, *gaiement.*

Une jeune fille qui va se marier, et qui attend son futur qu'elle n'a pas encore vu! c'est sérieux!

FOLLETTE.

Aussi, je ne puis pas m'empêcher d'en rire!... car je suis toujours la même, ma bonne Louise, et je répète toujours mon air favori, celui qui m'a fait perdre mon beau nom de Sophie qui, dit-on, signifie sagesse, pour gagner un petit nom beaucoup moins respectable : Follette.

Air : Romance de Follette. (*A Thys.*)

Oui, je suis Follette, }
Rien ne m'inquiète } bis.
Quand on me répète :

Parlez donc raison !
Détournant la tête, } bis.
Je ris en cachette
N'allons pas à la sagesse
Donner un air de tristesse,
Et tâchons, pour l'embellir,
Qu'elle ressemble au plaisir.
De ma chansonnette
Le refrain dit non !
Non, non, non, non, non, non, non, non !

LOUISE.

En vérité, je m'en veux de rire à tes folles,
moi, une femme mariée !

FOLLETTE, *gaiement*.

Eh bien, c'est encourageant ! On ne rit donc
plus quand on a un mari ?

LOUISE.

Je devrais en ce moment te parler raison.

FOLLETTE, *toujours gaiement*.

Je serais capable de te répondre de même, et
de te dire : voyons les choses telles qu'elles sont ;
nous sommes orphelines ; toi, plus âgée, on t'a
jugée digne de te marier quand nous avons perdu
notre mère, il y a quatre ans, et comme tu n'as
pas quitté la ville de Limoux, tu n'as eu qu'un
mari de province, M. César Capédious, de Limoux.

LOUISE, *souriant*.

Dont je m'arrange... tant bien que mal ! (*Elle
soupire.*) mais qui ne suffirait pas pour toi.

FOLLETTE, *riant*.

C'est vrai !... moi, on a jugé bon de me
faire élever à Paris, et de m'apprendre une foule
de choses, telles que la musique, l'anglais, la
logique et la polka, qui sont d'un placement
difficile dans un chef-lieu d'arrondissement.

LOUISE.

Mais qui seront appréciées par un mari de
Paris, qui aura passé comme toi toute son enfance
à étudier. Enfin, ma chère sœur, tu as des talents,
tu es spirituelle, jolie, bonne et riche...

FOLLETTE, *riant*.

Il me faut donc un mari, première qualité, et
nous arrivons à Paris parce que là on trouve ce
qu'il y a de mieux dans tous les genres !... Et ce
mari ?

LOUISE.

Il est tout trouvé.

FOLLETTE.

Ah ! l'on a choisi pour moi ? c'est l'usage.

LOUISE.

Une jeune fille, ça ne se connaît pas en maris.

FOLLETTE.

Oh ! il me semble que si.

LOUISE.

Est-ce que c'est possible ! Je suis sûre que tu
te fais des idées... Tiens, je serais curieuse de les
connaître... Voyons, dis-les moi.

FOLLETTE, *riant*.

Mes idées ? mes idées sur le mariage... et sur
les maris ?...* (*Elle passe la main sur son front,*

* Louise, Follette.

*semble réfléchir, puis a l'air de secouer ses
idées, et se place au milieu de la chambre en
position de danser.*) Allons, ma bonne Louise,
mets-toi au piano et joue-moi une valse à deux
temps, ou plutôt la Polka... Je danserai et ça
nous distraira.

LOUISE, *d'un ton de reproche*.

Sophie !

FOLLETTE.

Follette, tu veux dire.

LOUISE, *un peu fâchée*.

Quoi ! tu ne peux pas un seul jour, une seule
minute, parler sérieusement ?

FOLLETTE.

Ah ! tu le veux ? tu veux savoir quel serait sérieusement le mari qu'il me faudrait ? Eh bien,
écoute !

Air : des Farfadets.

Je voudrais qu'un mari,
Certain d'être chéri,
De ce bonheur bourgeois
Fût heureux, même après six mois ;
Voulant toujours être aimé de sa femme,
Toujours il cherche et trouve ce qui plaît ;
Si le visage est le miroir de l'âme,
Il ne faut pas que le sien soit trop laid ;
Des regards indulgents,
Point de mots affligeants,
Un pouvoir limité
Qui s'efface sous la bonté.
De ma faiblesse écartant les alarmes,
Il m'offre un bras où je peux m'appuyer ;
Si le chagrin m'arrache quelques larmes,
C'est son amour qui les vient essuyer ;
Je veux que mon époux,
Ni grondeur, ni jaloux,
Soit calme et confiant,
Et ne blâme qu'en souriant ;
Nous partageons le plaisir et la peine,
Le dévoûment allége nos douleurs,
Et si l'hymen est toujours une chaîne,
Mon mari sait la cacher sous des fleurs ;
Le voilà, trait pour trait,
L'époux qu'il me faudrait,
Celui que j'ai rêvé,
Et que, certe, on n'a pas trouvé.

LOUISE.

Ah ! il ne te faut que cela ?

FOLLETTE.

Pas davantage ! Mais comme je n'ai pas l'es-
poir qu'on en fasse faire un exprès pour moi,
et que je vais avoir, ainsi que toutes les autres
femmes, un mari de pacotille, un mari taillé sur
le patron des maris que je connais, et qui ne res-
semblent guères à mon idéal, joue-moi la Polka,
ma chère sœur, et laisse-moi te montrer un nouveau pas que j'ai appris hier.

Air : de la Polka.

Un prétendu
Est attendu,
On jugera
S'il nous plaira ;

Pourquoi se presser
D'y penser?
J'aime mieux danser
Et valser·
(Tout en dansant et valsant elle se jette sur M. de
Saint-Vallier qui entre avec Capédious par le
fond.)

SCÈNE II.
M. DE SAINT-VALLIER, LOUISE, FOLLETTE, CAPÉDIOUS.

FOLLETTE.

Ah!... mon oncle!

SAINT-VALLIER.

Ma nièce qui danse!

CAPÉDIOUS.

Ma belle-sœur qui polke!

FOLLETTE

Oui, messieurs; est-ce que c'est défendu?

SAINT-VALLIER.

Mais le voici!

CAPÉDIOUS.

Il arrive!

FOLLETTE.

Qui cela?

SAINT-VALLIER.

Le mari!

CAPÉDIOUS.

Le mari!

LOUISE.

Le mari!

FOLLETTE, *riant.*

Et quand vous répéterez tous le mari, le mari, le mari!... c'est bien assez de le voir une fois sans l'entendre annoncer trois. (*Elle s'approche gentiment de son oncle et présente son front pour qu'il l'embrasse.*) Bonjour, mon bon oncle. (*Elle tend amicalement la main à Capédious.*) Et à vous aussi, mon beau-frère.

CAPÉDIOUS.

A la bonne heure! moi qui vous fais épouser mon ami de Paris!

FOLLETTE, *gonflant ses joues.*

Mon ami de Paris! quand vous avez prononcé cette phrase-là, il n'y a plus rien à dire.

CAPÉDIOUS.

Certainement! car tout est dit!.. Un jeune homme qui fait les délices des salons de Paris, et qui a révolutionné ceux de Limoux, en quarante-huit heures qu'il a passées dans notre ville !

ST.-VALLIER.

Permettez une réflexion : M. Fortuné de Biéville n'a passé que quarante-huit heures à Limoux, et vous n'avez, vous, jamais quitté cette ville...

CAPÉDIOUS, (*mouvement d'embarras que Follette remarque.*)

Mais...

LOUISE.

Mon mari n'a jamais fait qu'un voyage d'un mois, il y a deux ans, pour aller à Carcassonne recueillir l'héritage de notre grand' tante, et ce n'était guères la peine de se déranger, car il n'en a rien rapporté.

CAPÉDIOUS.

Certainement, je n'ai jamais fait que ce voyage.

FOLLETTE, *bas et malicieusement à Capédious.*

Ah, ah!... j'ai un soupçon.

CAPÉDIOUS, *essayant de cacher son embarras en riant.*

Qu'est-ce, Follette?

SAINT-VALLIER.

Ainsi, M. de Biéville n'a eu besoin que de deux jours pour gagner votre amitié?

CAPÉDIOUS, *remis.*

Il va si vite à tout ce qu'il fait! En deux minutes il se fera adorer de ma sœur, et j'aurai un beau frère de Paris! Et nous y viendrons, à Paris! Et nous serons bien heureux!

LOUISE.

Est-ce que nous ne le sommes pas déjà?

CAPÉDIOUS.

Un bonheur de province! ma pauvre Louise, tu n'as eu qu'un mari de province; c'est comme moi... une femme de province, des amis de... ah, mais non, un ami de Paris! et quel ami! avec lui il faut toujours s'amuser : sa femme sera-t-elle heureuse!... Voilà pourquoi j'ai pensé à vous.

FOLLETTE.

Merci !

(*Louise va regarder par la fenêtre; Saint-Vallier la suit des yeux et n'est pas à la conversation.*

CAPÉDIOUS, *continuant.*

Quel homme charmant! un caractère... et des habits... dans le dernier goût!... un esprit... et un appartement rempli de mille choses singulières!...

FOLLETTE, *vivement.*

Comment le savez vous?.. arrivé d'hier au soir...

CAPÉDIOUS, *embarrassé.*

Je... Il me l'avait mandé.

FOLLETTE, *malicieusement.*

Ah ! ah! je commence décidément à croire. M. Capédious de Limoux... oh, c'est bien mal.

CAPÉDIOUS.

Quoi! quoi? (*à part.*) Je me coupe toujours.

FOLLETTE, *frappant dans ses mains après l'avoir examiné.*

Là :.. je suis sûre à présent.

SAINT-VALLIER ET LOUISE, *se rapprochant.*

Comment?

FOLLETTE, *riant.*

Il y est venu! il y est venu! je m'en étais toujours doutée.

LOUISE.

Qui ?

SAINT-VALLIER.

Quoi?

CAPÉDIOUS, *à part.*

Ciel !

FOLLETTE, *riant de la mine qu'il fait, mais se reprenant.*

Eh bien, mon futur !.. est-ce que ce n'est pas lui qui doit venir ?

CAPÉDIOUS, *à part.*

Elle m'a fait trembler.

SAINT-VALLIER, *à Louise.*

Est-ce que vous l'avez vu de la fenêtre.

LOUISE, *retournant à la fenêtre.*

Quelqu'un frappe, en effet : un jeune homme. *(Elle revient sur le devant.)*

FOLLETTE, *(changeant de ton, redevenant sérieuse et prenant Louise et Saint-Vallier par la main comme pour les entraîner.*

Mon oncle !.. ma sœur !

LOUISE, *souriant.*

Quel cri de détresse !

FOLLETTE, *vivement.*

Je demande un instant : venez avec moi tous deux, que je vous parle encore ! ma sœur, j'ai besoin de ton amitié ! mon oncle, vous connaissez monsieur de Biéville, j'ai besoin de vos conseils ; tout mon courage et toute ma gaieté m'abandonnent au moment du danger.

SAINT-VALLIER, *la regardant attentivement.*

Ah ! ah ! il n'y a plus de Follette !... mais rassurez-vous, Sophie : jadis j'ai connu beaucoup Fortuné, c'était un aimable, spirituel et bon jeune homme, il avait dix-huit ans.

CAPÉDIOUS.

Alors, il y en a huit de cela.

SAINT-VALLIER.

Si le monde l'a gâté, eh bien ! nous verrons.

FOLLETTE.

Quel bonheur !

CAPÉDIOUS.

Comment ?

SAINT-VALLIER.

J'ai désiré ce mariage parce qu'il fixerait à Paris, près de moi, une de mes nièces, et comme il me semblait d'ailleurs de tout point convenable, je vous ai engagés à venir chez moi pour le conclure.

CAPÉDIOUS.

Et vous n'avez pas eu de peine à nous décider !

SAINT-VALLIER.

Mais je ne veux pas être un oncle, ou un tuteur cruel : Sophie sera libre, quoique tout soit convenu, et qu'il ne reste qu'à signer le contrat. S'il ne convient pas à Sophie, il n'y aura rien de fait. Venez, mon enfant, vous remettre de votre trouble ; Monsieur Capédious, recevez notre prétendu ; moi je reviens à l'instant, je veux avoir avec lui une conversation sérieuse avant de le présenter à Sophie.

FOLLETTE, *l'embrassant.*

Oh ! mon cher oncle, que je vous remercie !

CAPÉDIOUS.

Vous la gâtez ! sa sœur a été mieux élevée ; on

---

* Capédious, St Vallier, Follette, Louise.

---

ne l'a pas du tout laissée choisir un mari à son goût.

FOLLETTE, *riant.*

Je le sais bien !... mais moi c'est différent, je ne ferai que ce que je voudrai.

SAINT-VALLIER.

C'est beaucoup dire.

FOLLETTE.

Et tout ce que je voudrai ! c'est convenu avec le meilleur des oncles et des tuteurs.

LOUISE, *qui est allée regarder à la porte du fond.*

Cette fois, c'est bien M. Fortuné de Biéville.

FOLLETTE.

Air : de la jolie fille de Gand.

Vite, il faut partir
Et réfléchir,
C'est le plus sage !
Même en hésitant
On est attrapé bien souvent :
Eu tout
Et surtout
Quand il s'agit de mariage,
La sagesse apprend
Qu'on doit se hâter lentement.

(Elle entraîne Saint-Vallier et Louise par la porte de droite.

<hr>

SCÈNE III.

DE BIÉVILLE, CAPÉDIOUS.

CAPÉDIOUS, *allant au devant de lui au fond.*

C'est vous, enfin !

DE BIÉVILLE, *riant.*

Ah, c'est monsieur Capédious de Limoux qui me reçoit !... Bonjour, mon ami. *(Ils se serrent la main.)*

CAPÉDIOUS, *avec effusion.*

Oui, oh oui, mon ami !... mon véritable ami... de Paris !... heureusement que c'est moi !... car j'en profite bien vite pour vous recommander encore le secret.

DE BIÉVILLE.

Le secret ?

CAPÉDIOUS.

Sur mon escapade d'il y a deux ans !... mon voyage à Paris !

DE BIÉVILLE.

Ah oui ! Pendant qu'on vous croyait à Carcassonne, occupé à enterrer une grand'tante, vous faisiez danser la succession à Paris.

CAPÉDIOUS.

Chut ! chut !

DE BIÉVILLE, *riant.*

Ce n'est pas mal pour un Provincial.

CAPÉDIOUS.

Plus bas donc !... ma femme est là !

DE BIÉVILLE, *souriant.*

Et elle l'ignore toujours ?... Ah ! excellent,

excellent! Un parisien ne ferait pas mieux, d'honneur!..

CAPÉDIOUS, *d'un ton dolent.*

Ah! pourquoi ai-je fait ce voyage de Paris sans ma femme?..

DE BIÉVILLE, *l'imitant.*

Et en cachette de votre femme!

CAPÉDIOUS.

Vous ne savez pas ce que c'est en province que d'avoir sur la conscience un voyage de Paris sans sa femme... et en cachette de sa femme... ce n'est plus vivre.

DE BIÉVILLE, *riant.*

Vraiment?

CAPÉDIOUS.

Depuis ces deux jours que vous aviez passés à Limoux il était resté dans mon âme un désir... que dis-je? une folie!.. Je brûlais de voir Paris! Je risque un mot de voyage... Oh, on le reçut de manière à ce que je n'osai plus recommencer! Mais ça me minait!.. Je périssais, c'est sûr, si je n'avais eu le bonheur...

DE BIÉVILLE.

De perdre une tante, à Carcassonne.

CAPÉDIOUS.

La pauvre vieille!.. si elle avait su?.. mais que voulez-vous? La passion... vos conseils... et l'occasion... quelle friponne que l'occasion!.. Elle m'entraîna avec un carcassonnais qui partait pour la Capitale... Je viens, je vois, je suis enchanté!.. trois semaines...

DE BIÉVILLE.

Vingt mille francs !

CAPÉDIOUS.

Chut ! chut donc!.. Mais le remords, la peur de me trahir... et ne pas pouvoir me vanter de ce que j'ai vu!.. craindre à chaque instant qu'un mot n'apprenne à ma femme... Et encore, moi qui parle en dormant... c'est affreux!.. Ah!... croyez-en un ami... Ne faites jamais un voyage quelconque sans votre femme!.. Je ne vous dis que cela.

DE BIÉVILLE, *riant.*

Je suivrai vos conseils : Mais où donc est-elle ma femme? celle qui m'est destinée, celle...

CAPÉDIOUS.

Avec qui vous devez faire tous vos voyages.

DE BIÉVILLE.

Oui.

CAPÉDIOUS, *mystérieusement.*

Vous ne la verrez qu'après avoir subi un examen...

DE BIÉVILLE.

Comment ?

CAPÉDIOUS, *avec effusion et mystère.*

Mon ami!.. mon excellent ami !.. préparez-vous...

DE BIÉVILLE.

Qu'est-ce que vous dites-là ?

CAPÉDIOUS.

Un brave homme de tuteur qui veut vous juger avant, et qui va venir ici.

DE BIÉVILLE.

C'est bon à savoir.

CAPÉDIOUS.

Voilà pourquoi je vous dis la chose, tenez-vous ferme... il vous interrogera.

DE BIÉVILLE.

Je savais qu'on passait des examens pour l'école de Droit, l'école Polytechnique, le Baccalauréat; mais pour le mariage... (*riant.*) Je croyais qu'on s'en fiait au futur pour les études préparatoires.

CAPÉDIOUS.

Vous vous en tirerez bien... mais attention!..

DE BIÉVILLE.

De quoi, diable, va se mêler cet oncle respectable? çà m'ennuie!.. * (*à part.*) Je n'étais pas déjà trop en train de ce mariage arrangé sans se connaître.

CAPÉDIOUS, *à part, le regardant.*

Il se prépare.

DE BIÉVILLE.

De plus, il faut plaire à l'oncle?..

CAPÉDIOUS.

Je crois l'entendre... prenez garde!.. de la raison, de la gravité!.. Enfin, la tenue de circonstance. (*Il va vers la porte de droite.*)

DE BIÉVILLE.

Air : vaudeville de l'Apothicaire.

Cet oncle qui vient aujourd'hui
Voir si je suis et grave, et sage,
Me fait débuter par l'ennui
Dans le drame du mariage;
Mais j'ai l'esprit contrariant,
Ce monsieur me donne l'envie
D'entrer sur la scène en riant,
D'en sortir par une folie.

CAPÉDIOUS, *revenant.*

Le voici.

DE BIÉVILLE, *à lui-même.*

Attends ! je vais poser pour ton examen.

SCÈNE IV.

DE SAINT-VALLIER, CAPÉDIOUS, DE BIÉVILLE.

CAPÉDIOUS.

J'ai l'honneur de vous présenter mon ami M. Fortuné de Biéville qui a demandé la main de votre nièce, et à qui vous l'avez accordée.

DE BIÉVILLE, *d'un ton dégagé, un peu fat et sans regarder l'oncle.*

Sous bénéfice d'inventaire, à ce qu'il parait. (*Il lève les yeux.*) Que vois-je? M. Rambert !

SAINT-VALLIER, *souriant.*

De Saint-Vallier : c'est par ce dernier nom qu'on me désigne à présent, ce qui fait que dans

* Capédious, de Biéville.

le tuteur de votre future vous ne soupçonniez pas le vieil ami de votre père.

DE BIÉVILLE, *contrarié.*

Ah ! l'ami de mon père.

CAPÉDIOUS, *à Saint-Vallier.*

Raison de plus pour l'accepter. (*On voit s'agiter la portière de la porte latérale.*)

SAINT-VALLIER.

Nous verrons. (*A part, regardant la portière.*) Ma nièce est là.

CAPÉDIOUS, *bas à de Biéville qui est pensif.*

Me permettez-vous ?...

DE BIÉVILLE.

Quoi ?

CAPÉDIOUS, *de même.*

D'assister...

DE BIÉVILLE.

A quoi !

CAPÉDIOUS, *de même.*

A l'examen préparatoire. (*De Biéville le regarde étonné.*) Çà peut m'instruire.

DE BIÉVILLE, *comme se souvenant.*

Oui, oui, je vais vous donner une leçon. (*à part.*) à tous deux !... Ma foi, tant pis pour l'oncle ! Je veux leur apprendre à se défier de moi.

SAINT-VALLIER, *il a examiné de Biéville des pieds à la tête, puis il regarde du côté de la portière de droite.*

(*A part.*) Elle doit le trouver gentil garçon... c'est toujours çà !

DE BIÉVILLE, *à part.*

Il m'a bien regardé... Passons au moral, et voyons s'il acceptera ou refusera ce que je vais lui offrir.

CAPÉDIOUS.

Allons, vous êtes prêts tous les deux [*], commencez.

SAINT-VALLIER, *avec bonhomie.*

Eh ! bien, M. Fortuné de Biéville, vous voulez donc vous marier ?

DE BIÉVILLE, *affectant une fatuité de mauvais goût.*

Oui, monsieur !... c'est fini !... Je veux ôter à l'amour son bandeau d'illusions et de caprices !... je vais immoler ma liberté sur l'autel vulgaire de l'hyménée... comme disaient les poètes d'autrefois... des gaillards qui vous doraient la pilule.

SAINT-VALLIER, *étonné.*

Ah !...

CAPÉDIOUS, *à part avec admiration.*

Voilà qui est joliment dit !

SAINT-VALLIER.

Et vous voulez avoir une compagne aimable et spirituelle ?

DE BIÉVILLE, *toujours même ton affecté.*

Spirituelle ?... (*Il rit.*) Pas si bête !

SAINT-VALLIER.

Comment ?

[*] Saint-Vallier, Biéville, Capédious,

CAPÉDIOUS, *arrêtant Saint-Vallier.*

Écoutons ! écoutons !

DE BIÉVILLE.

Pour que ma femme se moque de moi... et m'attrape ?... Allons donc !

CAPÉDIOUS.

Il a raison !

SAINT-VALLIER.

J'aurais cru, au contraire, qu'une femme d'esprit...

DE BIÉVILLE.

Nous n'en voulons plus : c'est dangereux.

SAINT-VALLIER.

Qui a des talents...

DE BIÉVILLE.

C'est ennuyeux

SAINT-VALLIER.

De l'instruction...

DE BIÉVILLE

C'est pernicieux.

SAINT-VALLIER.

Mais... qu'est-ce que vous voulez donc ?

DE BIÉVILLE.

Ce que je veux ?... mais... qu'est-ce qu'on veut quand on se marie ?

CAPÉDIOUS, *comme enchanté de lui-même.*

Une femme !

DE BIÉVILLE, *le regardant d'un air de pitié.*

En province ?... peut-être !... mais à Paris !...

CAPÉDIOUS, *étonné et cherchant.*

A Paris ?... qu'est-ce qu'on peut donc vouloir ?... Ce n'est pas une femme ?...

SAINT-VALLIER.

Une fortune, une position, une dot, n'est-ce pas ?

CAPÉDIOUS.

Mais il faut toujours prendre la femme avec... même à Paris.

DE BIÉVILLE, *riant.*

Et voilà le mal !... mais, pour le rendre moins grand, il faut que la femme...

SAINT-VALLIER, *étonné.*

N'ait pas d'esprit ?

CAPÉDIOUS.

Je comprends !

DE BIÉVILLE.

Qu'elle soit ignorante.

CAPÉDIOUS, *enchanté de sa découverte.*

Pour qu'elle n'en sache pas plus que son mari.

DE BIÉVILLE.

Qu'elle n'ait pas de jugement.

CAPÉDIOUS, *de même.*

Pour qu'elle admire son mari.

DE BIÉVILLE.

Qu'elle soit même un peu bête.

CAPÉDIOUS, *triomphant.*

Pour qu'elle aime son mari !... oh , qu'on a d'esprit à Paris !... On ne s'est pas avisé de tout cela en province.

SAINT-VALLIER.

C'est vraiment dommage ! (*à part*) Elle aura entendu.

DE BIÉVILLE, *à part.*

Ça fait son effet ! (*haut*). Oui, Monsieur, à Paris à présent nous détestons les femmes d'esprit, les femmes aimables et bien élevées ; tout notre amour est pour les autres !... Cela se comprend ! nous ne voulons pas être humiliés et dominés !... Pour être maître de son esclave, il ne faut pas le prendre plus habile que soi.

SAINT-VALLIER.

J'avoue mon embarras.

DE BIÉVILLE.

Air : Restez, restez, troupe jolie.

Qu'est-ce donc qui vous embarrasse ?
Jadis au tuteur on disait :
« Je veux esprit, talents et grâces. »
Souvent le tuteur reculait,
Il n'avait pas ce qu'on voulait.
Ce n'est plus à cela qu'on vise ;
Le futur, qu'on veut captiver,
Demande ignorance et bêtise,
C'est moins difficile à trouver.

CAPÉDIOUS.

C'est juste ! c'est très juste !...
(*Pendant le couplet, Saint Vallier s'est approché de la portière et il l'a entr'ouverte comme pour parler à Follette.*)

SAINT-VALLIER, *à part.*

Elle n'y est plus !.. que faire ?

DE BIÉVILLE, *qui a vu le mouvement de Saint-Vallier.*

(*A part*) Elle était là.

SAINT-VALLIER, *à part.*

Elle m'approuvera certainement. (*Faisant un geste comme quelqu'un qui prend un parti*). Monsieur, écoutez-moi.

DE BIÉVILLE.

J'y suis d'autant plus disposé que je vous vois prendre un air imposant... enfin un air de tuteur en fonctions, qui m'annonce le moment solennel où vous allez enfin me présenter à ma future.

SAINT-VALLIER.

Pas le moins du monde !... au contraire.

DE BIÉVILLE.

Comment ?

SAINT-VALLIER, *avec embarras.*

D'après... notre conversation... vos idées... vos projets... je crois...

DE BIÉVILLE.

Que je ne suis pas le mari qu'il faut.
(*Ici Louise arrive par le fond, elle s'arrête un instant.*)

SCÈNE V.

CAPÉDIOUS, SAINT-VALLIER, DE BIÉVILLE, LOUISE.

SAINT-VALLIER, *à part.*

Il devine ! (*haut*) J'avoue, Monsieur, que je le crois.

CAPÉDIOUS.

Ciel !... que dites-vous tous deux ?

DE BIÉVILLE.

Que je n'ai plus qu'à me retirer, n'est-ce pas ?

CAPÉDIOUS.

Grand Dieu ! Il se retirerait ?... mon ami de Paris !

SAINT-VALLIER.

Je pense que c'est ce qu'il y a de mieux à faire.

LOUISE, *s'avançant.*

Non, Messieurs.

DE BIÉVILLE, *surpris.*

Quoi ?...

SAINT-VALLIER.

Louise !

CAPÉDIOUS.

Ma femme !

LOUISE.

Mon mari ! (*à part*) Il va tout empêcher.

DE BIÉVILLE.

Votre femme ?... J'ai l'honneur de saluer madame Capédious.
(*En ce moment la portière s'agite, puis s'entr'ouvre et Follette se laisse apercevoir du public un instant ; Capédious se trouve tout près de la portière de droite.*)

LOUISE.

J'ai l'honneur aussi de saluer M. de Biéville.

SAINT-VALLIER.

Que venez-vous faire, Louise ?

LOUISE.

Retenir Monsieur que vous alliez renvoyer trop promptement. Ah, je viens au nom d'une autre, je ne suis qu'un ambassadeur... Je représente un maître plus en droit d'être écouté... car c'est la future, ma sœur Sophie qui m'envoie à M. de Biéville, à celui qui lui fut destiné... oui, je suis chargée de lui parler, de lui faire une confidence.

SAINT-VALLIER, *souriant.*

Ah, ah !

CAPÉDIOUS.

Bah !

LOUISE.

Une confidence que vous auriez peut-être déjà dû lui faire, Messieurs. (*A part.*) Ç'aurait été difficile ! (*haut*). Mais asseyons-nous donc. (*Dans le mouvement qui a lieu pour prendre des sièges, elle s'approche de son oncle et lui dit bas :)* Ne me démentez pas! *(Elle regarde son mari et dit à elle-même)* mais lui?... Essayons toujours. *(On s'assied, Capédious est tout contre la portière).*

SAINT-VALLIER.

Voyons.

DE BIÉVILLE.

J'écoute

CAPÉDIOUS.

Une confidence! *(Follette écarte la portière touche avec un éventail l'épaule de Capédious, et mettant un doigt sur sa bouche lui dit bas :)*

FOLLETTE, *bas à Capédious.*

Dites comme elle... ou je lui apprends votre voyage à Paris. *(Elle disparaît.)*

CAPÉDIOUS, *à part, terrifié.*

Ah!.. Follette sait... Je suis perdu!

LOUISE.

Monsieur, lorsqu'il est question de mariage, on ne devrait jamais laisser ignorer les malheurs... et les inconvénients qui existent dans une famille, puisque tout devient commun... et je crois que la loyauté exige que nous vous apprenions un secret que jusqu'ici nous avons caché à tous.

CAPÉDIOUS, *à part, effaré.*

Un secret... qu'on ne m'a pas dit, à moi!

DE BIÉVILLE.

Parlez, Madame.

LOUISE.

Vous croyez que je n'ai qu'une sœur? *(Mouvement de Capédious et de Saint-Vallier.)* J'en ai deux!.. Alors, la fortune laissée par mes parents est d'autant moins considérable que la famille l'est davantage; oui, Sophie, celle que vous deviez épouser, a de l'argent de moins... et une sœur de plus.

DE BIÉVILLE.

Ah!

CAPÉDIOUS.

Mais... *(Il se soulève, mais Follette allonge le bras, le touche de son éventail, il retombe assis.)*

LOUISE.

Cette sœur, jumelle de Sophie, nous l'avons soustraite aux regards de tous, et je vais vous dire pourquoi.

Air de Téniers.

Dieu de ses dons fit un égal partage
À ces deux sœurs, qui trompent tous les yeux
Taille pareille et semblable visage,
Même regard, ou fier, ou gracieux
Pour les deux sœurs existence commune.
Hors un seul point, par le ciel négligé,
Il n'a créé de l'esprit que pour une.
Et ce don-là ne fut point partagé.

DE BIÉVILLE.

Comment?

LOUISE.

C'est-à-dire que l'une eut pour sa part tout l'esprit et toute la raison.

DE BIÉVILLE.

Et que l'autre est... imbécille... ou folle? *(Louise fait un geste d'assentiment; Capédious très effaré regarde alternativement sa femme et la portière qui remue.)*

CAPÉDIOUS, *à part.*

Folle!.. *(Il se tourne vers la portière et est censé voir sa belle-sœur.)* Oh, Follette!

SAINT-VALLIER, *à part.*

Qu'est-ce que tout cela veut dire?

DE BIÉVILLE.

Vous ne m'aviez pas dit cela, mon ami Capédious! Une sœur de plus!..

CAPÉDIOUS, *d'un air hébété.*

Dam! moi...

LOUISE, *à part.*

Que va-t-il faire?

CAPÉDIOUS.

Une sœur de ma femme... Imbécille?.. *(Du coin de l'œil il voit remuer la portière.)* Je ne dis pas non!..

LOUISE, *à part.*

Tiens!.. Il a compris!.. c'est singulier!.. *(Haut.)* Monsieur, un pareil malheur ne doit point être confié légèrement, et sans l'ordre formel de Sophie je ne serais pas venue ici.

DE BIÉVILLE.

Ah!.. c'est elle!

LOUISE.

Ses prières, ses larmes même, ont exigé que je...

DE BIÉVILLE.

Vous semblez hésiter?

LOUISE.

Faut-il tout dire?

DE BIÉVILLE.

Je vous en conjure.

LOUISE.

Eh bien! je viens vous demander de ne pas vous éloigner sans avoir vu..... notre autre sœur!..

ENSEMBLE.

SAINT-VALLIER.

Votre autre sœur?

DE BIÉVILLE.

Votre autre sœur?

CAPÉDIOUS.

Votre autre sœur?

LOUISE.

Y consentez-vous, monsieur?

DE BIÉVILLE.

Quelque singulières que me paraissent et la confidence et la demande, je consens, madame, à tout ce que vous pouvez souhaiter de moi.

CAPÉDIOUS.

Ah, nous allons donc la voir paraître cette autre sœur. *(Ils se lèvent.)*

LOUISE.

Pas vous, mais monsieur de Biéville?.. oui,

Sophie vous demande en grâce de voir sa sœur... de la voir ici, seule, et à l'instant.

DE BIÉVILLE.

J'ai promis.

LOUISE, *se levant et s'adressant à son oncle et à son mari.*

Nous n'avons donc plus qu'à nous retirer; venez, messieurs. (*Tout le monde s'est levé.*)

CAPÉDIOUS.

Mais enfin cela me regarde aussi.

LOUISE, *les yeux fixés sur lui.*

Ne peut-on pas avoir un secret?

CAPÉDIOUS.

Oh!.. c'est vrai! (*à part.*) Et le mien? (*haut.* J'obéis! (*à part.*) Pourquoi ai-je fait un voyage de Paris sans ma femme?

ENSEMBLE.

Air : de M. Doche dans l'Extase.

CAPÉDIOUS, SAINT-VALLIER.

Il faut donc se taire
Et le laisser ici ;
Bientôt ce mystère
Sera-t-il éclairci ?

LOUISE.

Nous devons nous taire
Et le laisser ici
Pour que ce mystère
Entre eux soit éclairci.

DE BIÉVILLE.

Que veut-elle faire
En me cherchant ici !
Bientôt ce mystère
Sera-t-il éclairci !

(*Capédious, Louise et St-Vallier, sortent par la porte gauche.*

<hr>

SCÈNE VI.

DE BIÉVILLE, puis FOLLETTE.

DE BIÉVILLE, *seul un instant.*

Voilà une singulière entrevue qu'on me procure!.. que veut-on? que faut-il que je fasse? ah, ma foi, nous verrons bien !
(*En ce moment, Follette paraît à la porte du fond ; elle a changé quelque chose à sa toilette ; la coiffure doit avoir quelque chose de singulier et de simple à la fois : elle fait un pas, s'arrête et salue gauchement ; elle tient un papier.*)

FOLLETTE.

C'est moi.

DE BIÉVILLE, *l'apercevant.*

Ah !

FOLLETTE.

On m'envoie ici.

DE BIÉVILLE.

Je vous attendais.

FOLLETTE, *d'un air très-étonné.*

Pourquoi ?

DE BIÉVILLE.

C'est vous qui allez me l'apprendre.

FOLLETTE.

Moi !

DE BIÉVILLE.

Air : Serait-ce l'ami que vous revez, visite à Bedlam.

On m'a prescrit de vous attendre,
De rester là ;
Près de moi vous deviez vous rendre.

FOLLETTE.

Et me voilà !

DE BIÉVILLE.

Quel motif, daignez m'en instruire,
Conduit vos pas ?
Enfin qu'avez-vous à me dire ?

FOLLETTE.

Je ne sais pas.

DEUXIÈME COUPLET.

Même air :

DE BIÉVILLE.

Je cherchais votre sœur jumelle,
Cet entretien
Je devais l'avoir avec elle.

FOLLETTE.

Je n'en sais rien.

DE BIÉVILLE.

Vous verrez, sans qu'il vous étonne,
Mon embarras ;
Vous êtes, dit-on, simple et bonne ?

FOLLETTE.

Je ne sais pas.

DE BIÉVILLE, *la regardant.*

Qu'elle est jolie !.

FOLLETTE.

Je ne sais pas.

DE BIÉVILLE.

Ah çà ! vous ne savez donc rien ?

FOLLETTE, *riant niaisement.*

Non, rien ! je ne sais pas même lire ! (*montrant le papier qu'elle tient.*) Et ce papier que Sophie m'a remis pour vous...

DE BIÉVILLE, *prenant le papier.*

Vous ne savez pas ce qu'il contient ?

FOLLETTE.

Non, lisez tout haut.

DE BIÉVILLE.

Vous voulez ?

FOLLETTE.

Je suis très-curieuse.

DE BIÉVILLE, *lisant.*

« Monsieur, j'étais curieuse... (*Parlé*) c'est un défaut de famille à ce qu'il paraît.. (*Reprenant la lecture.*) « de vous connaître ; je vous ai vu « et entendu, et d'après vos paroles, je crois que

« notre sœur Follette remplit toutes les conditions
« nécessaires pour vous plaire. Je vous conseille
« donc, monsieur, de l'accepter à ma place pour
« votre femme et de recevoir ici mes adieux. »

Sophie.

FOLLETTE.

Qu'est-ce que cela veut dire ?

DE BIÉVILLE.

Qu'elle veut vous marier avec moi.

FOLLETTE, *sautant de joie.*

Me marier ? quel bonheur ! tout le monde disait que j'étais trop bête, que je ne trouverais pas de mari.

DE BIÉVILLE, *regardant la lettre, puis la portière, et d'un ton piqué.*

(A part.) Ah, ah, mademoiselle Sophie m'a écouté !.. elle est piquée…elle se venge !.. (*Il rit.*) Si j'épousais celle-ci, elle serait peut-être bien attrapée.

FOLLETTE, *niaisement.*

Attrapée ? vous voulez m'attraper ?

DE BIÉVILLE, *riant.*

Non !.. vous épouser.

FOLLETTE, *niaisement.*

Ah !.. ce n'est pas la même chose ?

DE BIÉVILLE.

Causons un peu ! (*à part, regardant la portière.*) Je suis sûr que l'autre est prétentieuse, et, quoiqu'on en dise, bien moins jolie.

FOLLETTE.

Vous dites : causons, et vous parlez tout seul.

DE BIÉVILLE.

Eh bien , voyons , qu'avez-vous à me dire , mademoiselle… mademoiselle… ah, mademoiselle Follette ?

FOLLETTE.

Moi ?… Je n'ai rien à dire !.. Et cela m'arrive bien souvent.

DE BIÉVILLE.

Alors… que faites-vous ?

FOLLETTE.

Rien.

DE BIÉVILLE.

Mais, toute la journée, à quoi pensez-vous ?

FOLLETTE.

A rien.

DE BIÉVILLE.

Et que désirez-vous ?

FOLLETTE.

Rien.

DE BIÉVILLE, *à part.*

Voilà une femme facile à contenter.

FOLLETTE.

Ah, je m'ennuie quand je n'ai pas quelqu'un pour m'amuser !… mais si je me marie…

DE BIÉVILLE.

Vous serez contente ?

FOLLETTE.

Oh, oui, je vous assure que je serai contente de me marier.

DE BIÉVILLE.

Avec moi ?

FOLLETTE.

Avec vous, ou avec un autre, qu'importe ? (*Elle le regarde*).

DE BIÉVILLE.

Ah !… pourriez-vous m'aimer ?

FOLLETTE, *riant niaisement.*

Je ne sais pas.

DE BIÉVILLE.

Toujours la même réponse.

FOLLETTE.

C'est que je ne sais rien.

DE BIÉVILLE.

Au reste, dans cette occasion, cette réponse n'est pas dépourvue de bon sens ; c'est à moi de me faire aimer.

FOLLETTE.

Ce ne sera pas difficile si vous voulez.

DE BIÉVILLE.

Mais… elle a plus d'intelligence qu'on ne croit. (*Il s'approche d'elle et dit à part en regardant la portière.*) Elle écoute !… Eh bien, qu'elle regrette !

Air : nouveau de M. A. Doche.

Si ma voix vous faisait entendre
Les serments d'un amour bien tendre,
Si , toujours fidèle et constant ,
Je vous disais , à chaque instant :
« A vous plaire je mets ma gloire »
Votre cœur voudrait-il me croire ?

FOLLETTE.

Oh , je crois tout ce qu'on me dit
Moi qui n'ai jamais eu d'esprit.

DE BIÉVILLE.

Alors vous n'aimeriez que moi ?

FOLLETTE.

Je ne sais pas.

DE BIÉVILLE.

DEUXIÈME COUPLET.

Même air :

Si quelque autre venait vous dire
Que pour vos attraits il soupire ,
Qu'il pense à vous , la nuit, le jour ,
Vous repousseriez son amour.

FOLLETTE.

Pourquoi le sien plus que le vôtre ?
Pourquoi croire l'un moins que l'autre ?
Oh , je crois tout ce qu'on me dit
Moi qui n'ai jamais eu d'esprit.

DE BIÉVILLE.

Mais il ne faudra croire que moi, n'aimer que moi, n'obéir qu'à moi.

FOLLETTE.

Je le veux bien.

DE BIÉVILLE, *distrait en regardant la portière.*

(A part.) Je ne sais que dire pour contrarier l'autre. (*Haut à Follette.*) Ce qui me plaît surtout en vous, c'est que vous convenez que vous n'avez pas d'esprit. Je vous aime de le dire… et de n'en pas avoir.

FOLLETTE.

Que c'est heureux! on me gronde toujours pour cela.

DE BIÉVILLE.

Ce ne sera pas moi.

FOLLETTE.

On me répète sans cesse : voyez votre sœur Sophie.

DE BIÉVILLE.

Ah!... elle a de l'esprit, elle !

FOLLETTE.

On le dit.

DE BIÉVILLE.

Des talents?

FOLLETTE, *riant niaisement.*

Elle passe des heures à peindre.

DE BIÉVILLE.

Elle chante aussi sans doute ?

FOLLETTE, *de même.*

On dirait une fauvette.

DE BIÉVILLE.

Et je gage qu'elle lit beaucoup ?

FOLLETTE, *riant niaisement.*

Des livres sérieux.

DE BIÉVILLE.

Ça ne pouvait pas être autrement.

FOLLETTE.

Que ça ne vous donne pas envie de la voir!... car elle ne veut pas absolument!... je ne sais pas ce que vous avez dit et fait pour cela, mais...

DE BIÉVILLE, *avec dépit.*

Elle me déteste?... et je le lui rends!... aussi... je me décide... à vous épouser.

FOLLETTE.

Est-ce bien vrai? Êtes-vous bien décidé!

DE BIÉVILLE, *près de la portière et avec dépit.*

Oui, oui, je vous épouse.

FOLLETTE, *sautant et courant.*

Mon oncle!... ma sœur!...

DE BIÉVILLE.

Arrêtez!... pourquoi ces cris?

FOLLETTE.

J'appelle... Il faut qu'ils le sachent tous,... pour que vous ne puissiez plus vous dédire.

DE BIÉVILLE.

Comment?

FOLLETTE.

Une pauvre fille, simple comme moi, on peut la tromper, je dois me défier.

DE BIÉVILLE.

Que dites-vous?

FOLLETTE, *à part.*

Mon oncle, venez donc!... toi aussi, ma sœur!

DE BIÉVILLE.

Attendez!...

<hr>

SCÈNE VII.

DE BIÉVILLE, SAINT-VALLIER, FOLLETTE, LOUISE.

FOLLETTE.

Arrivez-donc, mon oncle, soyez témoin... et toi aussi, ma sœur... Monsieur veut m'épouser... je serai mariée, moi!

Air : de M. A. Doche.

C'est charmant,
C'est ravissant!
Quelle joie
En ce jour Dieu m'envoie !
C'est charmant,
C'est ravissant !
Mais il faut
Prendre monsieur au mot !
Sans cesse on me disait
C'est par l'esprit qu'on plaît.
Et,   vous le voyez bien,
L'esprit ne sert à rien !
C'est charmant, etc.

SAINT-VALLIER.

Quelle vivacité !

LOUISE.

Comme tu es pressée !

FOLLETTE.

Je le crois bien! moi qui m'ennuyais tant, je suis pressée d'avoir un mari qui me tiendra compagnie, qui sera toujours là !

SAINT-VALLIER.

Toujours là ?... Mais monsieur de Biéville désirait une place, et je m'étais chargé de la lui faire obtenir.

FOLLETTE.

Pas de cela !... qu'est-ce que je ferais pendant qu'il serait occupé?... Il m'en faudrait un autre pour me tenir compagnie. Moi, je ne suis pas comme ma sœur Sophie qui ne s'ennuie jamais : je ne peux pas être seule; je n'ai pas assez d'esprit.

SAINT-VALLIER, *avec bonhomie.*

Ma foi, Sophie a eu là une bonne idée !... voici la femme qui vous convient, et nous ferons les deux noces à la fois.

FOLLETTE.

Comment?

DE BIÉVILLE.

Deux noces ?

SAINT-VALLIER.

Oui, la noce de Sophie, avec quelqu'un qui vient de m'écrire pour la demander, et qui attendait... (*Il rit.*) Un complot, je gage !... quelque amoureux qui, d'accord avec elle, profite de ce que vous l'avez refusée.

DE BIÉVILLE, *vivement.*

Moi?... je n'ai pas refusé !

FOLLETTE.

Vite, vite, mon oncle!... les préparatifs, le mariage, les emplettes... ah! oui, la corbeille, les robes, les bijoux!... c'est l'essentiel!... c'est le plus important!

SAINT-VALLIER.

Ah!

DE BIÉVILLE.

C'est flatteur!

FOLLETTE.

Ecoutez donc!

Air : de M. A. Doche, un myrtio.

> Il me faut à moi des dentelles,
> Des schals, des bijoux, des rabans,
> Tous les jours parures nouvelles,
> Bals, concerts, divertissements.
> Des plaisirs qu'ici l'on rencontre
> Pas un seul ne doit m'échapper,
> Il faut que partout je me montre...
> Je n'ai que ça pour m'occuper.

SAINT-VALLIER.

Eh bien! veux-tu venir avec moi chez les marchands tout de suite? Pendant que tu seras dehors, monsieur de Biéville attendra ici le notaire, et ta sœur Sophie pourra lui tenir compagnie.

FOLLETTE.

Ma sœur Sophie? venir près de mon prétendu?... jamais ni elle, ni aucune autre femme ne parlera à mon mari!... Les autres ont un esprit dont je dois me défier, et il ne doit voir que moi.

UN DOMESTIQUE, *entrant.*

Le notaire est dans le cabinet de monsieur.

LOUISE.

Alors vous ne sortirez pas, mon oncle; ni vous non plus, monsieur de Biéville.

SAINT-VALLIER.

Non, monsieur va venir avec moi; le contrat était préparé avec les noms en blanc.

DE BIÉVILLE.

Soit, monsieur, je vous suis!... (*A part en riant.*) Voyons un peu ce que cela deviendra. (*Pendant ce temps Louise parle bas à Follette.*)

ENSEMBLE.

Air : de la Sirène.

LOUISE, FOLLETTE, SAINT-VALLIER,

> Allez
> Allons } voir le notaire,
> Ici près il attend :
> Il faut de cette affaire
> Hâter le dénouement.

DE BIÉVILLE.

> Allons voir le notaire,
> Ici près il attend :
> Je veux pousser l'affaire
> Jusques au dénouement.

(*Louise, Saint-Vallier, de Biéville sortent par le fond; Follette les accompagne jusqu'à la porte; Capédious entre mystérieusement par une porte latérale.*)

***

SCÈNE VIII.

FOLLETTE, CAPÉDIOUS.

CAPÉDIOUS, *à part en entrant.*

Essayons de savoir ce que cela veut dire.

Follette qui riait se retourne, est surprise de voir Capédious et reprend son air niais.

FOLLETTE.

Ah!..

CAPÉDIOUS.

Sophie!

FOLLETTE, *l'air niais et étonné.*

Elle n'est pas ici Sophie...

CAPÉDIOUS.

Comment?

FOLLETTE, *de même.*

Qui êtes-vous? que voulez-vous?

CAPÉDIOUS.

Quoi?

FOLLETTE.

Etes-vous encore un prétendu?

CAPÉDIOUS.

Cessons ce badinage... Moi?.. un homme marié!..

FOLLETTE.

Marié?.. (*Elle rit aux éclats.*) Un homme marié!... Ah, ah, ah, ah!... Un homme marié!..

CAPÉDIOUS, *effaré et déconcerté.*

Qu'est-ce qu'il y a donc là de risible?

FOLLETTE, *l'examinant de tous côtés en riant.*

Marié... en Province?.. (*Elle rit.*) Celui dont monsieur de Biéville riait tout tout-à-l'heure?

CAPÉDIOUS, *blessé.*

Il a ri?

FOLLETTE.

D'un provincial qui a fait un voyage de Paris en cachette de sa femme.

CAPÉDIOUS.

Ah!..

FOLLETTE.

Air : J'en goutte un petit de mon âge.

> Comme un jeune homme échappé du collège,
> Il s'envola vers un monde inconnu ;
> Bientôt, semblable à l'oiseau pris au piège,
> Dans ses filets Paris l'a retenu ;
> De ce pays ignorant les coutumes,
> Il a, dit-on, fait de nombreux faux pas,
> Et si l'oiseau s'est sauvé, ce n'est pas
> Sans avoir perdu bien des plumes.

CAPÉDIOUS, *avec colère,*

Quoi! Trahi, ridiculisé par mon ami...

FOLLETTE, *riant.*

De Paris!

CAPÉDIOUS.

Mais il ne sait donc pas ce que c'est que Capédious? (*Ici Louise paraît.*) Bon! ma femme à présent!.. (*Il veut s'éloigner, Follette le retient.*)

~~~~~~

SCÈNE IX.

LOUISE, FOLLETTE, CAPÉDIOUS.

LOUISE

Qu'y a-t-il donc? la voix de mon mari se fait entendre jusqu'ici.

CAPÉDIOUS.

Bien! bien! (*Il veut s'en aller, Follette le retient toujours.*)

FOLLETTE, *riant toujours.*

Ainsi, ce Monsieur qui fait partie de cette superbe moitié du genre humain destinée à opprimer l'autre au titre de mari, a encore l'avantage de t'appartenir? Eh bien, je t'en fais mon compliment.

CAPÉDIOUS.

Est-ce qu'il n'y a pas de quoi?

FOLLETTE.

Mais si, puisqu'il prépare une surprise charmante à sa femme.

CAPÉDIOUS.

Moi?

LOUISE.

Vous?

FOLLETTE.

Je ne te dirai pas comment il a appris ce que font les maris de Paris; (*Elle le regarde malignement*) mais il a imité les plus aimables. Trois robes charmantes, et un très beau châle comme tu le désireras arriveront demain dans la journée.

LOUISE, *très contente.*

Est-ce possible?.. mon ami!..

CAPÉDIOUS, *qui n'a cessé de faire à Follette des signes auxquels elle répond par d'autres signes.*

Oui... c'est votre sœur,... qui...

FOLLETTE, *moqueuse et appuyant sur les premiers mots.*

Je ne te dirai pas non plus comment il s'est décidé à t'offrir chaque année...

CAPÉDIOUS, *effaré.*

Chaque année...

LOUISE.

Quoi donc?

FOLLETTE.

De quoi permettre à la bonne Louise de faire ses petites charités, et ses très modestes toilettes sans avoir besoin de recourir à la bourse de son mari.

CAPÉDIOUS.

Mais...

LOUISE.

Oh, mon ami, que je te sais gré de la générosité! Elle exauce un vœu que j'ai formé bien souvent.

FOLLETTE, *riant.*

Je ne te dirai pas.....

CAPÉDIOUS, *exaspéré.*

Encore!

FOLLETTE, *riant.*

Non, rien de plus!.. à moins que...

CAPÉDIOUS, *bas à Follette.*

Et si je ne voulais pas donner?

FOLLETTE, *bas à Capédious.*

Et la succession mangée ici?

CAPÉDIOUS, *à part.*

Pourquoi diable ai-je fait ce voyage de Paris sans ma femme!..

FOLLETTE, *bas à Louise.*

C'était monsieur de Biéville, en qui il avait toute confiance, qui l'empêchait de faire cela; lui qui aime les femmes imbéciles pour qu'elles soient plus faciles à conduire!.. mais j'entends sa voix, je m'éloigne. (*Elle sort par une porte latérale.*)

~~~~~~

SCÈNE X.

LOUISE, DE BIÉVILLE, SAINT-VALLIER, CAPÉDIOUS.

(*Saint-Vallier et de Biéville entrent par le fond, en se disputant sur la musique.*)

ENSEMBLE.

SAINT-VALLIER.

Air : du Dieu et la Bayadère.

D'où vient donc cette querelle?
Et pourquoi vous fâchez vous?
C'est vraiment *(bis)* à mettre un ange en courroux;
Vous n'avez pas voulu d'elle
Et ma pupille aujourd'hui
A le droit *(bis)* de prendre un autre mari.

DE BIÉVILLE.

D'une trop juste querelle
Comment vous étonnez-vous?
Oui, monsieur, (*bis*) vous méritez mon courroux!
L'injure est vraiment cruelle!
C'est pour se moquer de lui
Qu'en ces lieux *(bis)* on fait venir un mari.

(*Le chant s'arrête; trémolo à l'orchestre sur les paroles suivantes:*

SAINT-VALLIER.

Quoi, c'est vous qui sur un prétexte me cherchez querelle?

DE BIÉVILLE.

Ah, vous appelez cela un prétexte?

CAPÉDIOUS, *à de Biéville.*

Vous osez vous fâcher, vous!

LOUISE.

Quand chacun ici doit vous en vouloir.

DE BIÉVILLE.

A moi?

LOUISE.

A vous!

CAPÉDIOUS.

A vous!

SAINT-VALLIER.

À vous!

DE BIÉVILLE.

Je ne sais plus auquel entendre, et cependant moi seul ai le droit de me plaindre.

CAPÉDIOUS.

Vous me rendrez raison de vos railleries.

LOUISE.

De vos paroles contre mon bonheur.

SAINT-VALLIER.

De votre colère contre moi.

(La musique reprend.)

ENSEMBLE.

LOUISE.

D'une trop juste querelle
Comment vous étonnez-vous?
Oui, Monsieur (*bis*) vous méritez mon courroux!
C'est une injure cruelle!
Que voulez-vous faire ici?
Contre moi (*bis*) vous irritez mon mari.

CAPÉDIOUS.

D'une trop juste querelle
Comment vous étonnez-vous?
Oui, monsieur (*bis*) vous méritez mon courroux!
C'est une injure cruelle!
J'ai par vous été trahi.
Et de plus (*bis*), vous vous moquez d'un ami.

SAINT-VALLIER.

D'où vient cette querelle? etc.

DE BIÉVILLE.

D'une trop juste querelle, etc.

(À la fin de la musique, Follette paraît à la porte du fond; elle a changé son costume, du moins en partie, elle a quitté l'air niais, elle parle tout différemment, c'est-à-dire avec beaucoup de grâce et de finesse. Elle reste au fond.)

SCENE XI.

LES MÊMES, FOLLETTE.

TOUS, *ensemble, excepté de Biéville.*

Sophie!

DE BIÉVILLE.

Sophie!... quelle ressemblance!

FOLLETTE, *douce et gracieuse.*

Qu'y a-t-il donc? Et qui vous a tous fâchés ainsi les uns contre les autres.

CAPÉDIOUS, LOUISE, SAINT-VALLIER, *ensemble.*

C'est Follette!

FOLLETTE.

C'est peut-être mal ce qu'elle a fait là, mais elle n'est pas coupable puisqu'elle ne peut pas le comprendre, et, en ce moment, effrayée du bruit, elle demande à Louise d'aller la trouver : sa faiblesse a besoin de ta bonté. On demande aussi mon cher beau-frère ; ce sont des cadeaux achetés par lui pour toi... ils sont du meilleur goût, et dignes d'être offerts par un mari qui ne pense qu'au bonheur de celle qui le rend heu-

*Louise, Biéville, Follette, Capédious, St Vallier.

reux. "Mon oncle est attendu dans son cabinet par quelqu'un [qui] lui apporte une bonne nouvelle... Je devine, un service que vous aurez rendu!... mon cher oncle n'en fait jamais d'autres!... Allez donc, vous reviendrez tous joyeux; rien ne dispose à être d'accord et content de tout le monde comme d'être utile ou agréable à quelqu'un. Quant à moi...

SAINT-VALLIER.

Vous, ma chère nièce, restez ici, peut-être parviendrez-vous à calmer la mauvaise humeur de monsieur de Biéville.

FOLLETTE, *souriant.*

Je veux bien essayer.

ENSEMBLE.

Air : Rien de plus charmant. Satan.

LOUISE, CAPÉDIOUS, SAINT-VALLIER.

Chagrins et courroux
Qui vous troublaient tous,
À sa douce voix
Cèdent à la fois.

FOLLETTE.

Chagrin et courroux
Qui vous troublaient tous,
Je veux qu'à ma voix
Tout cède à la fois.

DE BIÉVILLE, (*à lui-même.*)

Vraiment cette jeune Sophie
Semble bonne autant que jolie,
Et j'avais eu grand tort peut être
De la juger sans la connaître.

ENSEMBLE.

Chagrins et courroux etc.

SCENE XII.

FOLLETTE, DE BIÉVILLE.

FOLLETTE.

Eh bien, Monsieur?

DE BIÉVILLE.

Eh bien, mademoiselle?

FOLLETTE.

On m'a chargée d'adoucir votre mauvaise humeur, et ce sera peut-être difficile.

DE BIÉVILLE.

Croire cela, c'est ne rendre justice ni à vous, ni à moi.

FOLLETTE.

Il est vrai qu'à présent que vous épousez ma sœur...

DE BIÉVILLE.

À présent que vous vous mariez à un autre...

FOLLETTE.

Nous pouvons causer tranquillement.

DE BIÉVILLE.

Et nous faire nos confidences.

FOLLETTE.

Alors je vous dirai que quand on me proposa un mari jeune, aimable, estimé de tous, et convenant à ma famille, je ne pouvais guères le refuser ; cela eût paru folie... et cependant accep-

ter ainsi et promettre d'aimer toute sa vie...
celui qu'on ne connait pas... s'il faut l'avouer,
cela me donnait un peu d'humeur.

DE BIEVILLE.

Et moi qui me trouvais juste dans la même
position, je conviendrai que j'avais presque de
la colère.

FOLLETTE, *souriant.*

Alors j'ai eu peur de cette entrevue de mariage.

DE BIEVILLE.

Et moi, je m'en suis moqué.

FOLLETTE, *riant.*

J'ai voulu savoir à quel ennemi j'avais à
faire.

DE BIEVILLE.

Et vous ne l'avez pas trouvé digne du combat?

FOLLETTE.

Air : de l'Angélus.

Je m'étonnais qu'il eût proscrit
Les talents et l'intelligence;
Que d'une femme sans esprit
Il eût désiré l'alliance,
C'était la vouloir sans défense!
Vous montriez pour le combat
Des intentions peu loyales;
Un brave et généreux soldat
Veut que les armes soient égales.

DE BIEVILLE.

Si gracieuse, si spirituelle et si jolie, vous deviez être exigeante, et celui que vous aimeriez devrait...

FOLLETTE.

Etre un ami, pensant comme moi que les talents sont les gardiens et le charme de la vertu;
que l'esprit est une lumière qui nous aide à
mieux distinguer le bien du mal; que si je va-
lais plus il m'aimerait davantage... et quand on
s'aime bien, l'un ne peut pas commander à l'autre puisqu'on pense en même temps.

Air : de Micheline.

Près du mari que je rêvais
Doucement s'écoulait ma vie,
Et chaque heure était embellie
Par les arts que je cultivais;
Il souriait à des succès
Qu'à son cœur seul je demandais;
Sûr d'être compris par sa femme,
Il savait que tous ses projets,
Ses espérances, ses regrets,
Avaient un écho dans mon âme!...
C'est le mari que je rêvais.

DE BIEVILLE.

Moi, je désirais une femme accomplie.

Même air :

De la femme que je rêvais
La grâce sans coquetterie,
Le savoir sans pédanterie,
Devaient embellir les attraits;
De mon amour je l'entourais;
Ses talents, je les admirais;

De son esprit jamais personne
N'avait à redouter les traits;
Sur son cœur fondant ses succès,
Elle était simple, aimable, et bonne!...
Et c'était vous que je rêvais!

FOLLETTE.

Que dites-vous?

DE BIEVILLE.

Je dis que les nuages qui se sont élevés entre
nous doivent maintenant être dissipés à jamais;
qu'il m'a suffi de vous voir et de vous entendre
quelques instants pour maudire ma folie, et que
si vous y consentiez nous effacerions de notre
vie les mauvaises heures qui viennent de s'é-
couler!...

Air : de Psyché.

Un nouveau sentiment
Naquit à votre vue.

FOLLETTE.

Pourquoi donc suis-je émue?

DE BIEVILLE.

Trouble heureux et charmant!

FOLLETTE.

Mon cœur bat et s'agite.

DE BIEVILLE.

Le mien tremble à son tour,

FOLLETTE.

Qui nous changea si vite?

DE BIEVILLE.

L'amour!

*(A la fin du couplet, Saint-Vallier ouvre brusque-
ment la porte du fond; ils étaient tout près
l'un de l'autre, de Biéville tenait la main de
Follette; elle se sauve par la porte de droite.)*

SCÈNE XIII.

SAINT-VALLIER, DE BIEVILLE.

SAINT-VALLIER, *qui a vu Follette s'enfuir.*

Je croyais Sophie encore ici, et je venais lui
dire... que son futur arrive.

DE BIEVILLE.

Son futur, c'est moi.

SAINT-VALLIER.

Vous?... mais vous épousez sa sœur!

DE BIEVILLE.

C'est égal!

SAINT-VALLIER.

Avez-vous perdu la raison?

DE BIEVILLE.

Je commence à le croire, car je ne sais depuis
ce matin ni ce que je dis, ni ce que je veux.
Monsieur, vous devez en effet me croire insensé,
mais je vous le demande en grâce. (*Ici Capédious et Louise paraissent et se tiennent au
fond*). Permettez que je revoie Sophie, Sophie
dont la main me fut promise, que j'ai risqué de
perdre par une folie, et sans laquelle je ne
puis être heureux, car c'est la plus charmante
des femmes.

SCÈNE XIV.

SAINT-VALLIER , LOUISE, FOLLETTE, DE BIEVILLE, CAPÉDIOUS.

LOUISE, *s'avançant.*

Je le savais bien !

CAPÉDIOUS, *regardant autour de la chambre.*

Où est donc Follette ?

FOLLETTE, *entrant par la porte du fond et reprenant l'air niais.*

Je ne sais pas.

DE BIEVILLE, *étonné.*

C'était vous !

LOUISE.

Nous n'avons pas d'autre sœur.

FOLLETTE.

Air : à l'âge heureux de 14 ans.

Désirez-vous l'interroger ?
A répondre Sophie est prête ;
    (Prenant l'air niais.)
D'entretien voulez-vous changer ?
Parlez, Monsieur !.. Voilà Follette !
    (De son ton naturel)
Deux femmes ! C'est bien hasardeux !
Hélas, je plains votre infortune ;
Vous allez en épouser deux,
Quand souvent on en a trop d'une.

(Elle présente sa main à de Biéville qui la porte à ses lèvres avec passion.)

CAPÉDIOUS, *à Follette.*

Ainsi, vous vous mariez...

FOLLETTE, *souriant.*

A votre ami... de Paris, qui est incapable de se moquer de vous.

DE BIEVILLE.

Et qui vous engagera à passer tous les hivers ici... à Paris... avec votre femme.

CAPÉDIOUS.

Elle aime mieux la Province.

FOLLETTE, *le regardant malignement.*

Je lui dirai donc...

CAPÉDIOUS, *l'interrompant vivement.*

D'y venir par complaisance.

LOUISE.

Volontiers !... à présent surtout que mon mari me donne de jolies toilettes.

FOLLETTE.

Et tant que tu voudras.

CAPÉDIOUS, *à part avec douleur.*

Pourquoi ai-je fait un voyage de Paris en cachette de ma femme ?... Et pourquoi n'en puis-je plus faire ?

FOLLETTE, *au public.*

Air : du Carlin de la marquise.

Un double rôle fut écrit
Pour une seule débutante ;
L'un prétend montrer quelque esprit,
Et votre suffrage le tente ;
L'autre attend que vous condamniez
Sa bêtise et son ignorance ;
Mais quel malheur si vous disiez
Qu'on ne voit pas la différence !
Quel malheur si vous nous disiez
Qu'on ne voit pas la différence !

Imp. de Giroux et Vialat, à Saint-Denis-du-Port, près Lagny.